小 小 的

文·圖╱艾瑪·達德 Emma Dodd

翻譯╱李貞慧

世界好大……

我ˇㄨㄛˇ好ˇㄏㄠˇ小ˇㄒㄧㄠˇ。

世界ㄕˋ界ㄐㄧㄝˋ好ㄏㄠˇ快ㄎㄨㄞˋ……

我ㄨㄛˇ好ㄏㄠˇ小ㄒㄧㄠˇ。

海ᵐ好ᵐ深ᵐ……

我ᵐ好ᵐ小ᵐ。

山ㄕㄢ好ㄏㄠˇ陡ㄉㄡˇ……

我ㄨㄛˇ好ㄏㄠˇ小ㄒㄧㄠˇ。

風好強……我好小。

冬天好長……我好小。

天空好高……

我好小。

星星延伸到好遠的地方……

而ㄦˊ我ㄨㄛˇ好ㄏㄠˇ小ㄒㄧㄠˇ。

這些東西又大又長又深，

又ㄡˋ強ㄑㄧㄤˊ又ㄡˋ高ㄍㄠ又ㄡˋ遠ㄩㄢˇ又ㄡˋ陡ㄉㄡˇ……

而ㄦ我ㄨㄛˇ好ㄏㄠˇ小ㄒㄧㄠˇ。

不ㄅㄨˋ過ㄍㄨㄛˋ，你ㄋㄧˇ又ㄧㄡˋ大ㄉㄚˋ，又ㄧㄡˋ慈ㄘˊ祥ㄒㄧㄤˊ，
和ㄏㄢˊ你ㄋㄧˇ在ㄗㄞˋ一ㄧˋ起ㄑㄧˇ，我ㄨㄛˇ不ㄅㄨˋ在ㄗㄞˋ意ㄧˋ自ㄗˋ己ㄐㄧˇ小ㄒㄧㄠˇ。

我可能小小的，但是我知道，
對你來說，最大、最重要的東西……

……是我ㄕㄨㄛˇ！

文・圖／艾瑪・達德　翻譯／李貞慧

副主編／胡琇雅　行銷企畫／倪瑞廷　美術編輯／蘇怡方

董事長／趙政岷　第五編輯部總監／梁芳春

出版者／時報文化出版企業股份有限公司

108019台北市和平西路三段240號七樓

發行專線／（02）2306-6842

讀者服務專線／0800-231-705 、 （02）2304-7103

讀者服務傳真／（02）2304-6858

郵撥／1934-4724時報文化出版公司

信箱／10899臺北華江橋郵局第99信箱

統一編號／01405937

時報悅讀網／www.readingtimes.com.tw

法律顧問／理律法律事務所 陳長文律師 、 李念祖律師

Printed in Taiwan

初版一刷／2021年01月08日

採環保大豆油墨印製

Me...

First published in the UK in 2010 by Templar Books,

an imprint of Bonnier Books UK,

The Plaza, 535 King's Road, London, SW10 0SZ

www.templarco.co.uk

www.bonnierbooks.co.uk